雲は友

KUMO WA TOMO

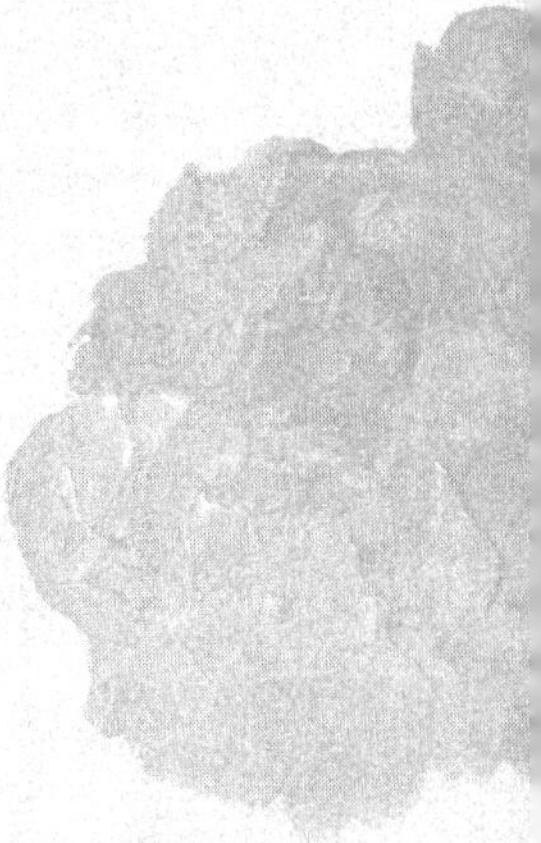

岸本尚毅句集

Kishimoto Naoki

目次

句集　雲は友

I

夕潮にあはれ泳ぐ子盆近し

スクリューのつくる渦あり蘆の秋

芋の葉や見れば名残の雲の峰

蟬を喰ひ蜻蛉を喰うて寺の猫

海からも見ゆるこの寺茶立虫
誰か居る虫の闇なるぶらんこに

秋晴や駅の北口広々と

しゅるしゅると鳴き始めたり法師蟬

少し剝げてよくくびれたる瓢かな

雨の音瓢に雨のあたる音

かなかなや釣堀に彼いつまでも

歩く人月の光が手に膝に

月明るくて芋虫とその糞と
触れて皆造花や秋のともしびに

もの棲まぬ水翳りなし秋の昼

ひとところ黒く澄みたる柿の肉

打ち打ちて皆みまかりし砧かな

槌の鎼柄に及びたる砧かな

絵の如き雲に冬来る思ひあり

一遍の行きし冬野の清き蠅

花びらの曲がり縮みて菊枯るる
沈む日のいつまでもある冬木かな

何淋しとてにほどりの淋しさは

枯蔓を押し上げてゐる枯木かな

立つてゐる人を眺めて日向ぼこ
はらわたの動くを感じ日向ぼこ

猫撫でてゐるマフラーの二人かな

胴体のやうに雲伸び日短

顔焦げしこの鯛焼に消費税
からっぽの中へ投じぬ札納

初御空ときをり何の穂絮かな

手を頰にひとりわらひの初笑

寒晴や兎あらはに昼の月

ならひ吹く向うが見えてアーケード

木から木へ恋の尾長や涅槃寺

苔くさき此岸の石の寝釈迦かな

足の指つぶさに揃ふ寝釈迦かな

稀に花あるを見上げて藪椿

下萌や途切れて遠く現れて

山椒の芽未だ出ぬかと母は老い

家暗く煙ゆたかに春炉あり

春炉の火腹這ふやうに時経つつ

蛇の髭に腐肉のごとし落椿

もやもやと石に影して水草生ふ

佐保姫の見てゐる田螺うごきけり

マフラーの糸屑捨てて春の山

ぶら下がりながら羽ばたく花の中

日は西に花の向うを舟がゆく

墓親し陰に日向に落花して

薄赤き塵となりつつ桜蘂

この浦は鯛湧くところ春の風
石鹼玉寝そべる人に当りもし

春塵やマクドナルドの黄なるM

朧夜の月に暈あり戦あり

II

砂白く流れし跡や春の雨

草津の湯揉めやうたへや草若葉

床の間に石置いてある日永かな

わらびの絵昔のままに蕨餅

バンザイをさせて小さき子猫かな

老汽船錨を四方に昼霞

いつでも末の子いとし武具飾る

きよらかに茶の塵浮かぶ新茶かな

ぼうたんの花粉や月を得て光り

老鶯の鳴きつぐ風に住まひけり

たわむともなく蛇わたる若葉かな

寺涼し真鍮のものかがやきて

ものつかむ指はつきりと井守かな

水深く黄あやめの濃く映りけり

近づき来跣の音とおぼしきが
黴くさきそのカーテンにかくれんぼ

浮かぶもの無きを眺むる梅雨の川
ゆるやかに落ち来る如く梅雨の蝶

なめくぢに添ふなめくぢや梅雨菌

なめくぢを越えゆく蟻や梅雨菌

壁涼し大きな蜂の伝ひ飛び

どこまでも裂けたる顎や蛇の衣

青き絵の中に白き日避暑の宿

ひねもすや好きで眺めて小判草

DANGERと描くTシャツや老涼し

雲白し簾の上のその隙間

牛蛙大きかるべしブーボーと
妹を叩きし姉が蚊帳に泣く

落ちて這ふまた落ちて這ふ火取虫

夜々に殖ゆ寂光院の蟬の穴

風鈴やいまは仏の今いくよ

空蝉のかんばせ左右ずれてをり

この道の片陰とぎれ浅間見え
古本屋ありて小諸は夏休

戦争を知らぬ老人青芒

いつ見ても貧乏かづら少し咲く

毛を刈つて犬が小さく秋暑く

浮かれ蜂うたげの如し腐れ梨

風は歌雲は友なる墓洗ふ

蜘蛛の糸断ち切る秋の扇かな

二つ打つ同じ間合の鉦叩

見るほどに遠稲妻は花の如

月桂樹根こそぎにして野分かな

野分して常の如くに蟻の道

蜘蛛は蛾をねぶり溶かしぬ夕野分

野分雲夕焼映しつつ北へ

木の上に雲現れし良夜かな

あとずさりして月仰ぐ大庇

澄み切つて芋焼酎や月に酌む

墓と墓月光に影同じうす

帽の上蟷螂の居る男かな

火にくべし腐れ通草や汁を噴く

病院の遠く明るく秋の暮

くつきりと黒々と皆秋の暮

Ⅲ

新潟

かき正の朝の十時の鉦叩

盆栽の松に似せたる菊あはれ

行く道は帰る道なり芋嵐

秋晴や床にこぼれて光る水

芭蕉破れ遊具がところどころ剝げ

とまらんとする冬蜂や風の菊

墓石の枯蟷螂を剝しけり

人の眼の老いて窪める冬日かな

近づいて見上げて疎なる枯柳

この浦に鰹来るとや十夜寺

椅子と人友の如くに日向ぼこ

枯蓮のこぼす欠片や水に浮き

つはぶきに言葉少なの墓参かな

墓に載る如く沈む日冬ざるる

大空に鳶しあはせか七五三

ねんねこや子は顔の向きまた変へて

山頂に旗の如くに冬の鳥

はじめから無かりし如く水涸るる

憤死して落葉の宮に祀らるる
冬の雲何かの如く浮かびをり

風向きの海へ煙や焼藷屋

焼藷をすこし食はされ抱つこの子

白き家古びつつあり冬薔薇

大綿の小さきつばさ見えて飛ぶ

富士ぬつと黒く憂国忌なりけり

月蝕は月を生みつつ浮寝鳥

海荒れてゐる日もここで日向ぼこ
砂に居る千鳥の影や飛べば消え

面白いやうに蝿飛び墓小春

手に探り耳とおぼしく炬燵猫

空ろなり聖樹に吊るす玉の中

枯蔓やほのかに葛の毛の名残

草枯れて地蔵を嗤ふ道祖神

赤いコンビニ青いコンビニ日短

冬館なつくことなく亀飼はれ

枯芝を毟りて風に散らしけり

石としてきらめく墓や冬椿

ひつぱられ今川焼は湯気漏らす

水仙や狸も来たる猫の餌

霜柱舐めたる如くつややかに

髭胸毛ゆたかに達磨冬の雲

つかみたる霊芝の硬さ冬の雲

店にある猫の遺影やクリスマス

炉辺楽しサンタクロースいま空を

榾といふ榾の炎のつながれる
熱燗ややがては神を論難す

煤逃の眼鏡を拭いて浜辺かな

ぶら下げて来たる達磨や札納

地酒の名聞いて忘れて燗熱く

手を置きて膝あたたかや隙間風

東宝はゴジラの会社初御空

ざらざらとして初富士の光りけり

初空やどこかにゐさう樹木希林

繭玉のうつろに映る硝子かな

吹けば飛ぶやうなる犬と初詣

福笑そのまま誰もゐない部屋

寒林を来て顔ほどのメロンパン

初旅の印度の霞吸ひにけり

置いてあるやうに老人初大師

くちばしの見えぬ向きなる寒鴉

腮浄き鰯の頭挿しにけり

目一つの神恐ろしや春ならひ

鳥影の瓦に早し玉椿

ばらばらに来て涅槃図にうち揃ひ

お涅槃や黴のやうなる釈迦の髭

てらてらと胸の木目や涅槃像

Ⅳ

おのれつかんで泣き惑ふ者涅槃変

絵の外に我立つてゐる涅槃かな

団栗を押し傾けてうごく蜷

芽木映る蜷殖ゆることひそやかに

下萌や旅の如くに道に立ち

漂ふが如き寒さや蝌蚪を見る

手を広げそのまま立てる雛かな

雛の間に人形焼の顔可笑し

大寺のうちそとにある土筆かな

いつかどこかの土筆となつて生えてゐし

沈む日は苔にあたたか地虫出づ

地虫出づ土の色なる蜘蛛が待つ

地虫出づそこらを自動草刈機

曲水や松の映りてやや淋し

この椿いつも室外機に吹かれ
永き日や雪嶺に日がいつまでも

芽吹く木々遠く美し菓子を食ふ

風あると思ふ朧の星が見え

黒き蝶赤きところを見せにけり

佐川の女ヤマトの男春の風

澄み切つて磯巾着が菓子の如

ＷＯＷＷＯＷと歌あほらしや海は春

あたたかや石を境に違ふ苔

埼玉は草餅うまし雲白し

あの顔の利休を思ふ利休の忌

眠りつつ舌なめづりをして子猫

置く水の春夕暮を寒く澄み

老人の港に暮らす沈丁花

始まりの終りに似たる花を見る

夜の花のその枝長し雲に沿ふ

ところどころ花噴く幹や蔦が這ふ

ふるへゐる花また一つ風に飛び

引く潮の岩のまはりは落花浮く

鐘日永安珍灰となりにけり

花御堂あり年々につつましく

青き空甘茶に暗く映りけり

灌仏や人居る上を蜂高く

目借時演説何か怒りをり

夢に見し如くに春や梅若忌

うつくしき母にもたれて日永の子

教会やマリア大きくうららかに
風のやうに淋しく端午過ぎにけり

蜘蛛の囲に胴なき蜂や聖五月

筍の少しく曲る箱の中

何屋とも知れざる家や夏柳

水鏡して頭を低く渡る蛇

髪黒き日本の子供豆の飯

笑ひをるやうな顔なる燕の子

夏めくや昼顔に色うすき蟻

風の日の山近ければやまかがし

緑蔭や音が聞こえて風が来る

ベランダを歩く老人鉄線花

取り落とし浮人形がまた水に
指ひろげ一切を知る守宮かな

水噴いて破れし樋や梅雨菌

黄色濃くなりて飴色梅雨菌

押せば凹み刺せば刺さりて梅雨菌

雨安居や退屈さうに絵の浄土

青柿が土にめり込み黴を噴き

団子虫の欠片咥へてゆきし蟻

孑孑の浮く水舐めて雀蜂

雨吸ひし茅の輪といふはすさまじき

V

わが顔にぶつかる君の夏帽子

竹の皮外れかかりて宙に反り

墓石や出合ふともなき蟻と蜘蛛

しづかなる出水や燕映り飛び

噴水の女神の像の苔と黴

穀象の鼻と頭の継目かな

緑蔭やものを食ふ顔よく動き

犬猫に無く我にある夏休

夕菅や家も茶店も消え失せて
椅子朽ちて我を迎ふる木下闇

避暑の子かこの町の子か駈けてゆく

避暑の人寒しというて犬を抱く

黒髪の母のその子の夏帽子

燃え細る夏炉の榾の折れし音

蟬も来る避暑の厠の明るき灯

富める祖父やさしき父や避暑楽し

土用波ひとたび深くうち窪み

墓原や空蟬草に墓石に

老いし猫穴子の頭もらひけり

舟虫の少しうごけば蠅が散り

明易やものの置けさうな凪の海

空蟬を踏み砕きたる島四国

目ひらきて四万六千日の亀

風鈴の下に老人牛乳屋

大切な黄な粉飛ばすな扇風機

前のめりなるごきかぶり打ちにけり

明易や雲の一つに乗りて死者
脚曲げて空蟬我の辺にころげ

汗ばめる如くに薔薇や露しづく

風死すや司教を諭す大司教

尻の毛に糞をひきずる毛虫かな

虚子居らぬ世や風鈴を見て欠伸

すててこの志村を真似て遊びけり

新涼の蛆湧くことも冥加かな

水の辺に水を供へし川施餓鬼

歯を見せて太刀魚長し鯛の辺に

月ほどに明るき雲やけふの月

潮煙飛ぶが見えをり夜長の灯

蝶々の踏み歩きをる藤袴

色うすき蜻蛉田稗にとまりけり

水澄むや日暮に似たる雨あがり

湧く如き蝗に人の歩きけり

秋の雲子供の上を行く途中

蟷螂をつかみ投ぐれば葉の如く

潰れたる赤き木の実の白き種

傘のふちめくれて裂けし茸かな

土佐遍路道

柿供ふ白く綺麗な空海に

秋風に見るうどんのううなぎのう

柿潰れシャツだらしなく墓に人

這ふ蟻に熟柿の皮の裂目あり

信心の羊羹食うて秋遍路

この道を蚯蚓もとほる秋遍路

あとがき

還暦を過ぎた。遠からず「高齢者」となる。

「老人」という言葉がある。何となく突き放したような感じがする。そのため、これまではその言葉を避けてきた。

今回の句集では、自分が老人に近づいたので、いくばくかの親しみを込めて「老人」という言葉を使ってみた。

この句集及び収録句の制作にあたっては、多くの人々のお世話になった。また、多くの物事から恩恵を受けた。その一切に感謝申し上げる。

二〇二二年　春

岸本尚毅

著者略歴

岸本尚毅（きしもと・なおき）

一九六一年岡山県生。波多野爽波などに師事。「天為」「秀」同人。句集に『小』『感謝』『健啖』『舜』『鶏頭』など。『高浜虚子　俳句の力』『生き方としての俳句』『俳句の力学』『十七音の可能性』『文豪と俳句』など著書多数。

●初句索引（五十音順）

な 行

は 行

句集　雲は友　くもはとも

二〇二二年八月二〇日第一刷
定価＝本体二五〇〇円＋税

●著者——岸本尚毅
●発行者——山岡喜美子
●発行所——ふらんす堂
〒一八二—〇〇〇二東京都調布市仙川町一—一五—三八—二F
TEL 〇三・三三二六・九〇六一　FAX 〇三・三三二六・六九一九
ホームページ http://furansudo.com/　E-mail info@furansudo.com
●装幀——和兎
●印刷——日本ハイコム株式会社
●製本——日本ハイコム株式会社

ISBN978-4-7814-1475-1 C0092 ¥2500E